歌集

かなかなしぐれ

木畑紀子

現代短歌社

目次

かなかなしぐれ

独楽

春耕にいまだ間のある田の溝をひとりごちつつゆく細水《さざれみづ》

しらたまの爆ぜてひらきし一輪は丸はなびらが五つ寄りあふ

曇天は隠れやすきか揚げ雲雀のうれしさうなる声ごゑがふる

チュルチュルと雲雀は啼けど土手桜さむしさむしと口つぐむなり

鳧、雲雀、鶯たちのおしやべりのにぎにぎしさやわれは独楽《どくらく》

光のこゑ

ふぢだなの下より春の空が見えむらさきの庵《いほ》まだとどのはず

寞ばくとさびしいときは働けとおのれに言ひてライトハウスへ

こゑは光ライトハウスの書架を占めしづもりてをり光のこゑが

点字、テープ、デジタル図書は光なき人らのひかり発送作業す

貸出しと返却処理はエンドレスいつ来てもあるわたしの仕事

おやつタイムありてしばしは和みけり若きスタッフと老いのボランティア

ビル風を抜けて川風ボランティア帰《がへ》りのわれは夕風になる

はらほげ地蔵

たのめなき旅のこころや乗船まで博多埠頭で水母みてをり

壱岐水道なかばにあをくひかるのは潮の目ならむ生きてゐるみづ

島の向かうにまた島はあり海波《うみなみ》を越ゆる艱難われは知らずも

あらはれし壱岐の島影たひらにて小《ち》さきみなとに着岸したり

おだやかな入り江にならぶ六地蔵背丈たがへど腹掛おそろひ

旅はひとり　はらほげ地蔵の辺《へ》にしやがみ腹の小穴に手を合はせたり

島内のいづこ掘りても土器が出る壱岐は一支国《いきこく》二千年まへ

カミカゼの吹くまへ壱岐の青年の少弐資時《せうにすけとき》元寇に斃れき

海幸《うみさち》は無尽なるべし壱岐の島は四囲にフリルの海蝕を見す

串刺しの焼き烏賊あるきながら食べ青春をする壱岐の島みち

待つ

球体の薔薇のつぼみにおもひ出づ見せてもらひし胎児の写真

胎内で五億年の旅してゐると聞けば生《あ》れ来むいのちは奇蹟

ながなみとながながなみをくりかへし夏安居のごと炎暑を隠《こも》る

うまれ来むいのちつつむとひそやかに毛糸あみつぐ鶴の婆われ

邪念入るあかしにあらむ目がひとつ足らず模様編み三段ほどく

シーシーのあとはひたすらシの連打セミの無心にならひ糸編む

おくるみとケープを編みてまだ初秋　帽子、胴着も編みて時待つ

時みちて生《あ》れくるいのち「待っていてください」といふ　良き母にならむ

いまわれに〈待つ〉仕事あり生む力生まれる力信じて待たむ

常行の秋

銅像の一休さんの肩に散るけやき落ち葉の極上の赤

あをぞらの雲によばれてのぼり来ぬいつも遠見の比叡が峰に

芒の穂しごけば塵のごとき花散りて手のひら黄にそまりたり

一願意三百円と護摩木積む堂内を出て大杉見上ぐ

ケーブルカー、ロープウェイまたシャトルバスかよふ比叡に奥駈道あり

大阿闍梨酒井雄哉の半生に濁世の闇のありとこそ聞け

堂の縁をもれくる読経にまじり啼くこほろぎたちの常行の秋

抱き禅

誕生を待つ日々に見る潮見表きのふは長潮けふは若潮

五億年の旅のさいはて人の世の駅に近いよ生まれておいで

十月の雨夜はあけて潮満つる午後二時日長《けなが》く待ちし汝《な》に逢ふ

子の妻が力尽くして産みしいのち吾《あ》につながるとつゆもおもへず

産院のしろい産着につつまるる名無しの赤子の足に母の名

畏るるにあらむ父母らは考へにかんがへ御七夜に名を与へたり

ゆきかへり逆巻地蔵に礼《ゐや》をして子の妻の産褥を見舞ひぬ

透明な秋の直火《ぢかび》はいろづける生駒嶺に翳をふかく刻めり

泣き声で存在を示すあかんぼの声は原初の歌にかあらむ

全力で泣く飲む出す寝る　あかんぼの一日をこそ充実といへ

生えそむる睫毛の間《あひ》に数滴のなみだが光るけふの赤子は

〈抱き禅〉とこは呼ぶべきぞ新生児あやしてただに揺るる一時間

永遠に抱いててあげるさうおもふときに赤子はことり寝入りぬ

無垢無心の赤子を抱きて揺れてゐき帰り来し身は夜も揺れをり

怠けブランチ

鉤なしてわたりくる鳥長途には群れの秩序といふもあるべし

このカラス駅に棲むのかけふもまたレール踏みをり黒マント着て

家ごもりこころの箍をはづす日の雨はやさしもきさらぎの雨

足腰の箍もはづれてふしぶしの痛む休み日体操をせむ

午前五時製造とあるコンビニのサンドを食べて怠けブランチ

列島はすつぽり厚き雲に入りグローバリズムにとほくゐるわれ

先進国といふは先滅国ならむせんねんのちの世界地図いかに

眠るのが下手なわたくし本、ＣＤ、ウイスキーならべ格闘はじむ

温顔

迷ひまよひ坐禅に来たる日もありきけふはしばしの山内散歩

広大な寺域に点在する松のあをき針葉ふいにくるしき

松葉散る池面にぬうと温顔のうかび、消えたり妙心寺の亀

スタンプラリーおまけの茶菓はいただかず北門を出て市塵に混じる

禅寺のふすま抜けだし早春の空走りをり雲の麒麟は

シャローム

童謡にむかしはねえや、ばあやゐて歌へば百年生きた気がする

「お父さんですよ」と赤子に言うてゐる中年息子の声の甘さはや

はじまりしばかりの家族物語シャロームと朝、夕につぶやく

さくら色なのはな色のハムサンド玉子サンド持ち子の家を訪ふ

不惑ちかき息子の机にポンとある立原道造風信子叢書

目と耳と鼻で気づくかこのひとは母にあらずとみどりごが泣く

みどりごが指をしやぶるは存在をみづから確認してゐるのだとさ

春や春〈I was born〉とまだ言はぬ赤子の笑みよ光の笑みよ

小浜の登美子

かぜは冬ひかりは春の湖北路に塵のごとかる雪がまふなり

みづうみは紺にしづもりその北に白き伊吹の嶺の尖れる

目に入るは若狭小浜のパンフにて乗り継ぎやよしバスに飛び乗る

今津より乗る路線バスどんみりとゆきぞらとなる若狭くにざかひ

若狭とぞきけばそぞろにおもはるる山川登美子、断念の恋

大手通り逸れて小径をふたつ折れ登美子記念館森厳とあり

底冷えの座敷は登美子二十九の終焉の部屋　水仙かをる

櫛、笄、算盤、針箱、皮鞄　遺品に琴もありて和みぬ

おつとせい氷に眠るさいはひのおもほゆるまで小浜凍て風

百年を経てもをみなはかなしきろ　堺の晶子、小浜の登美子

「コスモス」口絵撮影

まつすぐに天向くいのち今日は見つ麦畑の金、早苗田のあを

咲き残る白花の辺《へ》に青玉の梨の実ありて時ながれをり

花すぎて実りのときへ梨の木はあをばうつくし呉羽梨畑

*

木津高校に農業科あり生徒らが飼育に挑む天蚕一〇〇匹

花ならば蕾の堅さ食断ちて繭籠りする眠蚕《いこ》を抓めば

淡緑の繭にこもりて天蚕は断食中なり瞑想中なり

*

人寄せの牡丹がをはり菩提樹の末《うれ》に黄の花さきはじめたり

くもり日を乙訓寺《おとくにでら》の草取りの媼は菩提樹の花に気づかず

菩提樹の花がさいたよ葉群より黄のはなふさが垂れてにほふよ

極小の黄の花壺にあたま入れ蜂はうごかず菩提楽《ぼだいらく》といはむ

*

飛行機を撮るだけに来て半日をあふぎてゐたりスカイブルーを

滑走路走り出したる灯の見えて一機たちまちわが頭上越ゆ

尾翼にてエールフランス機と見しからになにかときめく一瞬のこと

海外へ一度も行きしことのなく行く予定なし愚者にをはらむ

さやうなら

クレッシェンド、ディミヌエンドをくりかへす蟬声きこえ半睡の朝

蟬の声マックスとなり跳ね起きぬけふは月一粗大ごみの日

書棚二つ布団三枚ごみに出し古かがみ一つ惜しみて残す

三十年あたためゐしがいまこそが捨て時ならむ青春の遺品

丹念な〈上方喜劇資料ノート〉ちらと見て無用、無用ゆゑ破《や》る

執着の皮をいちまいづつはがし写真も捨てつ踏み絵に似たり

蒐めたる偏愛の書よさやうならわが大阪の書よさやうなら

断つ、捨つ、棄《う》つ　言葉の鞭を身に当ててつひに愛惜の品と別れぬ

古書あまた葬送したり甘南備山《かんなびやま》ふもとの環境衛生センターへ

京の果て甘南備園の処理場にわが熱かりし青春を葬る

青春よ炎上をせよごみ処理場煙突に向き合掌をせり

ひらめ貼り

腰ベルト、膝サポーター着けていざ子守にむかふ無想の一日

赤ん坊をわれに抱かせたがる息子とほいとほい日の自分をみたきか

お義母《かあ》さんに目が似てゐるとみどりごの母言へばあな憫《あは》れ血の縁

この母のやうにわが子を慈しみたりしやおぼろ四十年前

子の置きてゆきし作文に見出でたり迷妄の母なりし時間を

「ほしいもの、やさしいお母さんです」幼な字を読みて再び闇に戻しぬ

十二冊づつを結束バンドもて縛る「コスモス」四十八年分

日賀志明子、関口由紀子に挟まれて二首載りてをりわが幼な歌

さまざまに苦はありしかど今生きて歌詠む幸を思はざらめや

サロンパスひらめ貼りしてふくらはぎ揉みゐる宵を花火の音す

雨宮雅子さん

辻堂はひかりの交叉するところ海のひかりと空のひかりと

欅木の緑《りよく》うるはしき坂登りさねさし相模のうたびとを訪ひき

唐突のわが訪問を顔施もてむかへくれにし雨宮雅子さん

亡き夫君いますがに棚に並べありリラダン全集、帆船模型

歌は独学、ひくき声にてくるしみし宗教のことも話しくれたり

見送りの手をいつまでも振りくれき夕星《ゆふづつ》のごと遠ざかりつつ

たまはりしなかの一葉一行をまた読む「イエスは最高のラビ」

苦を濯ぐ歌の結晶を世に残し海のひかりへかへりたまへり

余韻

駅前につどひくるバス大、中、小、けさ乗り込むは大のバスなり

上京の目的三つひとに会ふ旅はうれしく墓参を省く

花買ふは羞《やさ》しきものか色、形、花のいのちを選び別けつつ

もちはこぶ花束揺れて香も揺れぬ花はたれかにさしあげるもの

病床の房子先生が千切る和紙貼りつつ花の名前言ひ合ふ

かへり咲きの花のわれらか水鳥とたはむれゐたり小春日の苑

月明の家路なりけり滞空のとんぼのやうな三日なりしよ

病室できのふうたひし「冬景色」朝霜を踏み口遊むかな

先生を見舞ひし余韻二日三日胸にあることわれを支ふる

野辺あるき

売り家の目立つこのごろ燕の巣ひとつ増えたり京の田舎駅

野辺あるきせむと竹林を抜けくれば空に鉄骨群が峙つ

田を狭め道貫けり断続し行くミキサー車ショベルカー、ダンプカー

畑道に素心臘梅の花が呼ぶここのみ黄なる香り浄土と

畑道のとほくにひかる窓ガラスあれは老健、あれは保育所

春の雲見つつ往きしが帰り路は小雪、比叡の余り雪なり

ワレガワレガの市議選の声すぎてより揚げ雲雀のこゑ野をとりかへす

花海棠忌

花散らし帽子飛ばしの春疾風《はやて》しんしんと残り時間を削げり

ひさびさに母の画集をひもときぬ花海棠に雨ふるゆふべ

「青春」と母が題せし抽象画グレーの濃淡と暗き紅《こう》あり

白いとり六羽籠より放ちやり祈る女をり母の遺作に

親ごころ子ごころかたみに知らぬまま訣れせりけり花海棠忌

潮の香をふふむ風うけ美術館ロードをゆけり「堀文子展」へ

亡き母の乙女時代のテリトリー芦屋、岩屋の浜かぜを浴ぶ

五歳にて女性自立のこころざし持ちし堀文子かがやける孤よ

晩年を趣味の絵描《か》けどつひにして慰まざりしか母の一生《ひとよ》は

花海棠十七回忌をかぎりとし枯れてしまひぬあらくさの庭

さびしさの世話

バランスをくづす手もとがくるふなど老いのきざしは昼のひなかに

脚試しに若草山にのぼりけりひとり気散じ半日あそび

かへるでは青葉の傘をとへはたへ延べて緑蔭をつくりくれたり

ほほゑみで怒りの世話をするといふティク・ナット・ハンの平和論ひらく

欅木にゐるチュン君に覗かれてベンチの読書中断をせり

ティク・ナット・ハンの呼吸におよばねど緑のにほひ吸ふ遊歩道

怒るちから減りたるわれはみづからのさびしさの世話してやらんかな

東京を捨てし日はるか月一を東京に来て道にまよひぬ

旅先のバルカウンターわかものにまぎれて老いのボッチ愉しむ

花たむけ父母の墓前に屈むとき永久《とは》なる無言こそやさしけれ

最晩年の「最」のあぢはひ掌篇の「日暮れ竹河岸」に悲の予感あり

秘剣とは用ゐてならぬ剣にしていのち得るとも敗者のごとし

周平の短篇三つ読みをへて錨を降ろすごとくねむらな

紙コップと輪ゴムでびつくり箱作りをさなごを待つ夏の婆われ

うどん屋の隣りのさんぱつ屋の隅の籠のキリギリスぎいと鳴き出す

涙壺

国立民族学博物館

万博にも花博にも行かずみんぱくの西アジアブースで見る涙壺

どれほどの涙を怺へられたらう享年九十有八宮英子さん

まさをなるこのガラス壺二千年かけて変はらむ〈青銀色《あをみづがね》〉に

二十世紀の遺物の塔よ顰みたる太陽の貌に見下ろされたり

さるすべり赤にさきがけ白が咲き陰画のなかのほのほのごとし

ねつとりと暑気のこりゐる線路沿ひ徹夜蟬のこゑしづくしてをり

くきやかな〈ひまわり8号〉の映像に7号のゆくへをしのぶ雨の夜

サーンゲサンゲ

錆出づる手回しオルゴール鈍々《のろのろ》とライムライトを奏ではじめぬ

チャップリンばかり見てゐし少年期はるけしよ子は父となりたり

息子一家の温泉旅行に招かれぬここまで辿りつけたわが生

沢庵がおやつでありし戦後つ子なれど平和のなかでそだちき

兵隊はリスク負ふものとたれか言ふ基本的生存権はあるのか

夜明けまで啼きつつほそる虫の音をかき消して降る雨の暴力

こゑもたぬ秋津が異常発生すごり押しに違憲法案通りて

エフェソの信徒への手紙5章16節
「今は悪い時代なのです」当番で読む聖書詞句どこまでの「今」

つなぐ手をふりはらふ意志二歳児にあり戦争はとはに拒めよ

台風の被災地おもひ見てゐたりわが町の消防署員の朝礼

失せ物はつひに出で来ずチャンネルを切替へに行くボランティアの日

上げ潮の堂島川はうねりつつ水がもみあふ水もくるしゑ

肥後橋をわたり土佐堀川こえて江戸堀一丁目サラリーマン多し

毀されて建てられていつか毀されむ百年もぐらたたきのビル街

四時間の労働の間に雨はれて帰路の橋のうへ西陽がまとも

西陽射すビルの谷間に幻聴ありサーンゲサンゲ、ロッコンショウジョウ

夢に焚く

胡麻の実の採り方などを秋収の人より聞きてあぜみちさんぽ

マンジュシャゲの赤花ニラの白花を摘みきてしづかな秋を祝へり

身になじむポロシャツ、ジーンズ、スニーカーすつぴんが常の六十七歳

湿布薬にほふからだにひとふりの香水まきて眠りにつかむ

この部屋のどこにゐるのか馬追が飲まず喰はずで二夜啼き継ぐ

古簞笥の跡にあらはるる青だたみ過ぎし哀楽を知らぬ青さや

わが部屋にベッド据うれば終《つひ》の日のふいに思ほゆとほからなくに

四日間チェンソー唸り五日目に藪は消えたりうぐひすの藪

ハロウィンに道頓堀が沸く秋を「上方芸能」終刊決まりぬ

テレビ消しパソコン切りてはるかなる道頓堀の残照を呼ぶ

深く詫び原稿依頼を辞退せり上方喜劇の未来問はれて

さやうなら言つたわたしは過去の人おもひでの火の温もりがいい

咲きのこる芙蓉も金の萩の葉も夢に焚くべし山は雪とぞ

備北の秋

天井をみつめて自問自答せし昨夜《よべ》を忘るる秋の碧天

山陽路なれども山のあばらぼね潜るごとくに新幹線奔る

底なしのうみ否そらをふたひらの白き翼をうちて往く鷺

まつさをの空、まつきいの田を切りて心に貼ればさびしくはなし

愛読書再々読をするやうに備北の秋の山河みにゆく

木に川に雲にあいさつするわれに山のあきかぜようこそと吹く

余所者《よそもの》のわが顔ならむ遠くからですかと親しき村人の笑み

おもひでの湯のやはらかさ露天湯のほとりにけふはつはぶきが咲く

あたらしく据ゑられゐたる壺湯より首出して吸ふフィトンチッドを

せせらぎの音とまひるの虫のこゑ聴きて野の柿熟れつつあらむ

幾山河越えさりながら中国道をバスにまどろみいまは不在者

標識は〈登坂車線〉バスの窓に神楽の龍のうろこ雲ひかる

鐘鳴らしてよ

インテリで皮肉屋なりし老牧師愛されてゐき葬りにぎはふ

なみだぐむ会葬者らが説教のところどころで笑まふよろしさ

神のみが知るそれだけで充分といふ説教をうなかぶし聴く

四人子と老い妻、信徒あまたらの和して葬送の聖歌あかるし

出棺の合図にほそく鳴りいづる教会の鐘は天へのしるべ

「喝」といふこゑは怖ろしストレイシープわれの最期も鐘鳴らしてよ

熾火花

奔れはしれ雲よ奔れと念ずれば恩寵ならむ薄日さしきぬ

車椅子押すひと乗るひと息をそろへ段差いくつも越えゆくに従《つ》く

空あをし山茶花あかく咲く傍にならんでもらふ撮影日和

さりげなく紅《べに》山茶花を妻の胸に夫君飾れりシャッターチャンス

おいで、おいで鳩呼ぶ房子先生はむかしかうして生徒呼びけむ

車椅子散歩の夫妻ゆくみちに讃歌《ほめうた》が降るバードサンクチュアリ

日ごと日ごと交番前に死傷者の数が書き換へられて歳晩

防寒をきつちりとしてポストまで往復二千歩用事まだある

寒かぜはわが冬の友きのふけふ野あるきのたび泪いざなふ

月夜田の交叉路を折れあゆみ入る旧街道に寺の多しも

らくがきは凡そつましきねがひごと噂のらくがき寺《でら》の閑たり

二月まで咲く燠火花《おきびばな》さざんくわの八重に冷えたる両手をかざす

稜線に沿ひ春の雲たなびけり呼びあふものの間《あひ》に澄む青

天と地を9対1の割にしてかがよふ春光の写真を撮りぬ

生の放課後

二歳児と一対一で気を抜かずあそびつくして困憊をせり

をしへぬに真似、復唱しにんげんの言葉ふえゆく脳をおそれつ

みづからの二歳おぼえずこんなにも機嫌よき子で無きこと確か

昼寝より覚めて泣く子に婆われはなすすべもなし母御がすべて

百回は「鬼のパンツ」を歌ひしか孫とあそびし夜の脳が鳴る

想はざりし呼称「京都のばあちゃん」をわが受け容れて何をか嘆く

忘れ物して戻るみち「またなの」と辛夷の白い花に笑はる

リード解かれ目をしばたたく老犬のどこへ駆くるといふこともなし

窓の陽をよろこび座るわが横に来てブラインドおろすスマホびと

街あそびして小間物をふたつみつ買ふなど生《せい》の放課後にをり

お福人形

会へる、会へない。会へるに賭けて万葉の苑へ貝母の花を見に行く

ことさへくからくにことばいにしへもいまもにぎはし大仏殿まへ

なじみなる仏像写真の「飛鳥園」ウィンド閉《さ》して店じまひといふ

標本木の貝母はいまだつぼみにて作業場の隅のひなたに二輪

文庫一冊かばんにあれど陽のそそぐ春の電車はめつむりてゐむ

むかしむかしの十七歳の自《し》が歌がふいに口つくことありあはれ

ちちははの猛スピードの戦後期にすつぽり嵌るわれの少女期

くらぐらと厨、厠のありし家その間取り、防空壕も忘れず

昭和三十二年九歳上京がターニングポイント第一回目

それからの孤独のそばにわがチャップリン藤山寛美と短歌ありけり

若き日の憧れびとを青年が亡き祖父と呼ぶ　時間《とき》こそマジシャン

着物、帯褪せてしまひし〈お福さん〉四十年笑む古簞笥のうへ

ねこ、ねずみ、ふくろふ縮尺さまざまの横に幼子の写真ならべぬ

測り得ぬ孫の時代よさきくあれお福人形の笑みのごとくに

柏崎驍二さん

「柏崎驍二」の上に朱もて「故」を入れし高野氏の悲歎おもへり

「コスモス」に載る最後なり端正な筆跡の稿をゲラと読み合はす

三月の岩手は冬木の辛夷にて残る一枚の葉のうたに泣かゆ

送りくれし南部せんべい思ひいづ北国の血のごとき醤油味

柏崎さんの田谷鋭論に読むよき言葉「見てよろこぶこころ」

東京

雨の京発ちて先生に会ひに来し東京も雨　桜桃を買ふ

好きな字をと色紙を乞へば先生は「愛」とやはらかに書きくれにけり

みたされてわれは辞したり先生の病室に雨の半日をゐて

墓密度ひくしとおもひつつ歩む多磨霊園の青葉道はも

武蔵野の雨はあがりて白秋の円墓のうへの合歓の糸花

多磨は玉、多磨霊園に鎮まれる白秋、柊二、英子のみ魂

なじみたる東京といへ旅の身はキャリーバッグを曳きて歩めり

歌の会ありて来たれる東京のにほひしたしき神保町あたり

東京の一泊二日たくさんのひとに会ひたり車中茫たり

まどに降る雨が垂直になりてをり夜の米原六分停車

客まばらな夜の〈ひかり号〉京都着ふだんの心に戻りゆくべし

野づかさに住む

子育てをせし町ふたつ捨てし日も遥かになりて野づかさに住む

いつしかに老人の家くちなしが咲きねむが咲きいちにちしづか

くちなしの花のうへ這ふ黒蟻の愉楽にとほくひとの世はあり

障子越しの弾めるこゑは虫採りの近隣の子ら　昔日のこゑ

くまのこが緑雨の山を駆けてゐる絵本のなかを時間が奔る

マンションのふえて集団登校のみちに二つの進学塾ある

また開く薬、電気の量販店ああ喧嘩売るごときあきなひ

建設中〈新名神〉の橋脚のあひの比叡はきゆうくつさうなり

つばくろが夕ぞらを斬るこの町に老いつつ此処に死すとかぎらず

鬱遣ると野あるきすればをちこちの栗の木も白い火花を散らす

伐られ伐られ恨みつのるや噴く青葉しだれてお化け欅となりぬ

雨の野に摘みし薊とむきあへばひとりごころの針の花なる

真夜を覚め玄関、トイレ、キッチンに雨音を聞きベッドでまた聴く

築二十二年の家の樋詰まり直しくれたりシルバーセンターのひと

荒梅雨のやうやく明けてあたらしい木槿むらさきに蝶が来てゐる

かなかなしぐれ

夏《げ》ごもりに倦みしこころを放つべく身支度をせりさて海か山か

洛西の三尾《さんび》へけふの足は向き通過してゆく龍安寺、仁和寺

紀の海に魂はゆきしや高山寺に明恵は不在　寒蟬の啼く

清滝の瀬音にまじり川原より夏の家族の歓声きこゆ

川あそびの群れはなれ来て西明寺の鐘を打ちたり一音百円

鐘打てばもみぢひとひら散りにけりゆるゆると来よ秋、冬、老後

川沿ひを来て突き当たる急石段　神護寺参道をのぼりはじめぬ

のぼりのぼれどつづく石段音《ね》をあげずのぼればやがて楼門に着く

夏こだち影濃き下で息をつきかなかなしぐれに身をぬらしけり

あと百日《ももか》ほどで三尾はくれなゐに染まらむやがて玄に還らむ

海坂

宗像はけふ〈みあれ祭〉漁師らは稼業《かげふ》止めにて釣りをする子ら

しほかぜにふかれ半とき船待てば神湊《かうのみなと》のみそら晴れ来ぬ

沖ノ島は神の島とぞ玉秘《ぎよく》めて五十キロかなたにかすむ島影

岬端《さきはな》の遥拝所に立ちみわたせば広大無辺のわたつみのかみ

そらとうみ永遠《とは》に接するはずなきを眼にくきやかな水平線みゆ

水平の海のむかうの海坂を降りゆきし古人《ふるびと》はかへらず

海坂を越えてしまひし浦島の子に戻りたき憂き世ありけり

架空の地〈海坂藩〉の文四郎もお福さまとは結ばれざりき

島山をおほふ濃霧《こぎり》のながれきていぬたで、つゆくさ、スニーカー濡る

露のせて草の葉しなふ　露と草いづれよろこびまさりゐるにや

海坂に天使のはしご降りるみえ筑前大島を船さかりゆく

帆翔のトンビがぴーひよろ鳴く湊日暮れて釣りの子らも去りたり

山も船もシルエットになるゆふまぐれ旅路に歌の灯をともさばや

ワカヤマ

秋ふかき運動公園に呆とをりバスケのゴールは底抜けの網

ぽーんぽーんテニスボールを打つ音に間《ま》のありボールが空をよろこぶ

ひめやかにうなじをなづるあきかぜは過去から吹くや未来から吹くや

ワカヤマに母音ア音の四つあり〈サザン9号〉南下してゆく

六十年の時間のしづくわが生地和歌山にふるけふの秋雨

出生地あたりの店でみかん買ひ食べつつ路地を三周したり

吹上小校庭に来て姥の目におかつぱ泣き虫八歳が顕つ

ふるさとと呼ぶに羞《やさ》しく幼年の悲喜ことごとくおぼろうすずみ

越後堀之内

宮柊二の故郷は遠し京都より列車を四つ乗り継ぎて着く

ゆふしぐれありしか舗道くろく濡れ寂《せき》たり越後堀之内駅

幅せまき雁木通りにこぼれをり丸末書店ゆふべの灯り

右折すればもう根小屋橋　宮柊二の源流のおと瀬鳴りきこえ来

早々と閉ざす〈やな場〉の戸を叩けば焼いてくれたり旬の岩魚を

岩魚御膳いただける間に日の落ちて越後三山闇にかくれぬ

ひとつぶの星

夕空にひとつぶの星輝りそめて百万の灯の地上くらしも

大火あり地震《なゐ》ありひとら逃げまどふ千年前のことにはあらず

「方丈記」読みつつ夜の穴に落ちめざむれば四囲は濃霧《こぎり》のあした

みとせまへみぞれふる日に出会ひたる「飛騨の円空」図録を開く

円空のほとけいづれもくちびるは三日月の形《かた》ほのとわらへる

おほかたは捨てむ屑歌よりひろふまづしき祈りの歌をいくつか

シュレッダーに裁断すれば歌反古はたちまち小《ち》さき雪山となる

塵芥車は聖なるけもの唸りごゑ上げてあまたのごみぶくろ呑む

人気《ひとけ》なきことよろこぶやさざんくわの紅《こう》にすずめのあそぶ公園

銀鼠《ぎんねず》のひかりをかへすすべり台目指し走れり冬のをさなご

のぼりてはすべり、すべりてはのぼるただすべることうれしきこども

「うらしまたろう」最終頁はをさなごのこゑ小《ち》さしオジイサンニナリマシタ

オバアサンになりたるわれはいつどこで禁断の玉手箱をあけしか

かたはらのマザー・テレサの一葉は子を抱きしめて子に抱かれをり

をりをりに黙読をする小冊子「マザー・テレサの祈り」こそ星

鶫

列島は極冷え北の映像にマイナス三十度のテロップが出る

上空の寒波の穂先くだり来て刺ししか首、肩、腕に激痛

雪予報に胸ときめきし日のはるか冷え中《あた》りしてキャンセルふたつ

ふる雪に胸そらしつつ枯れ草のうへ跳びあるくいのちは鶫

視界はや雪にくらめど褐色の鶫の羽根は雪に紛れず

ひとの目に枯れ草原とみゆれども鵯の嘴は虫銜へゐる

ひとこゑもださず二時間餌《ゑ》をさがしやまぬ鵯よ友無しの一羽

こなゆきがわたゆきとなる窓の外まだ鵯ゐてわれをなぐさむ

痛みとはつひに身替はりできぬものわれはわれ以外の痛みを知らず

春ちかし鶫に恋の季ちかし北へ帰る日つれだちてゐよ

椿の土鈴

五十羽はゐるたかぞらの候鳥が向き変ふるとき白光《びやつくわう》を撒く

陽と雨にうながされつつ精霊に押し出されつつ芽ぶく草木《さうもく》

ほくほくと耕されたる畑土に鴉の家族跳ねてよろこぶ

乗り降りのなき「茶屋前」に紅白の老いし野梅の咲き惚けてをり

着工は十四年のち京の果てここに新幹線の駅が決まりぬ

開通は三十年のち新幹線とわが死が視界に入るこの春

びゅんびゅんと飛ぶ時の矢を躱さんと野辺に屈めばイヌノフグリ笑む

おぼろ夜に椿の土鈴鳴らしをり六十八のをみなごころは

権力者の核の脅しのニュース消し「チェルノブイリの祈り」読み継ぐ

苦さのみのこる冷めたる珈琲をのみほして夜のまなこ冴え来ぬ

家桜

東京の路地に寒桜みつけたり三寒四温の四のひと日けふ

土手ざくら公園ざくらにさきがけて路地の口より寒桜が呼ぶ

猫をらずこども遊ばぬ町路地にもつたいないほど春日向あり

行く人にしばし仰がれ家桜《いへざくら》うれしげに散るふたひら、みひら

天窓のあるがに路地にふるひかり　春を愛するひとになりたし

空即是色

比叡山みぎてに眺め一休寺までひさびさのわが町散策

皇孫にして法孫の一休さん菊のご紋の廟にゐるとか

八字眉のいと貧相な老僧の像ありこれが一休宗純

一休寺奥の奥なる焼却炉のわきにあるとふ黙黙寺《もくもくじ》跡

酬恩庵枯山水をもくもくとつくりし男その名のこさず

八人のならぶバス停は浄瑠璃寺行き九人目になる

ねがひける浄土はいづこ池濁りカラスしき啼く浄瑠璃寺の春

バスおりてあるく細みち岨《そば》となり去年《こぞ》の落ち葉にすべるあやふさ

ひらけたる谷のをちこち石仏のいませど石はとはに野晒し

死んでわれ仏にならず石にならず身は雲散し魂は霧消せむ

さくらばな散るやたちまち野に五彩あふれいでたり空即是色

つくづくしみな濃みどりに変化《へんげ》して堤をおほふスギナ群落

花かげに憩ひし日よりひと月を老いて青葉の風に吹かれぬ

みちのくの雨

ウサギ一匹入りましたといふ電話あすの宿りの遠野より来る

にんげんのくらしの匂ひを削ぎおとし青葉どきなり遠野伝承園

曲り家のわらぶき屋根に並み生ふる今年の草を入れて撮りたり

遠みゆる早池峰あをしニジマスとヤマメがならぶ炉端の贄はや

階下にてぼんぼん時計が四つ鳴り遠野はつなつ障子が白む

遠野ロゴ河童がかつぐ〈はまゆり〉に乗れば盛岡まではいつとき

みちのくはチャグチャグ馬コの日といふに野山どしやぶり人馬びしよぬれ

北上川上《かみ》より蹄の音がして馬行列のにぎはひは来つ

八十頭の蹄のひびき鈴の音チャグチャグチャガチャガ雨音を消す

啄木の死んで百年ひい孫が寄稿してゐる記念館便り

啄木が息子であらばせつなからむ馬鈴薯の花雨にしづくす

八月が来る

万斛のなみだのごとくクマゼミがこゑしぼり啼き八月が来る

ひとしきり啼きてしづもり力溜め巨き水輪となる蟬のこゑ

戦争を挟む柊二の歌の集　群、山、紺、晩　引用歌に記す

きちかうは星の花なりはなびら五をしべ五めしべの先も五裂す

「会いたいなぁ」呟いてみる会へぬ日も会ひたきひとの在ることは幸

純粋時間

「ばあちゃーん」われを目指してかけてくる子にセラピムの大き羽根みゆ

放尿をおぼえし男児三歳はくさむらに身をそらし得意気

球打つと玩具のバットふりあげて三歳の鬼しんけんである

エアギター弾き身を揺らしのりのりで「JUNK LAND」をうたふ幼子

まぶしみて見てをりこの子にすぎてゆく三歳といふ純粋時間

あそびのやうな試練のやうな親子リレー親子体操楽鳴りわたる

まご一人ぢぢばば四人　秋天が見下ろす少子高齢化の国

弦月の窓に照る宵３００００の歓声を絞り野球見てをり

走馬灯廻しあそべり歌に拠り生き来し五十年は短し

人生はジャンクだらけさそのなかに一片の愛をみつけゆくべし

心鎮め

歌つくるまへの鎮めに数をよみ編みかけマフラー五段を足しぬ

太刀魚の骨素揚げして骨せんべい作る息子をひそかに敬す

霜枯れの桔梗の茎のほろほろと折れて出できぬ落ち蟬ひとつ

無人なる部屋にしづもり黒白の八十八鍵冷えてゐたりぬ

古ピアノは子の青春の形見なりそろり聖歌を弾いてみる秋

はてしなき遠さとおもひゐし未来はてしなくとほき過去となりたり

おもひかへす修羅は苦しゐ人生の季節もどらぬことよろこばむ

老い神は細部にやどりたまふかな眼中に飛蚊、内耳に小石

そろりそろり目眩に効くと首体操したり海原のかもめどりわれ

照り映ゆる欅もみぢにちかづきてわが影を入る　七十路よ来よ

城ヶ島

伊豆、房総ふたつ半島にふたおやのごとまもられて城ヶ島あり

白秋を法悦境に入らしめし金色《こんじき》の陽につつまれて佇つ

きらめける海にをりをり目はゆきて訥々と白秋をかたりぬ

相模湾の西北西にあらはれてむらさきだてり秋の夕富士

白秋のうたのひかりのひとしづく貰ひ蹌踉めくわれもうたびと

西国行

野ざらしの旅もよろしとおもひしは若き日のこと薬たしかむ

バスの遅れトイレの行列も想定しゆるり出で立つ西国行へ

秋晴れの空、山、川、畑みるだけで旅はよろしも体調もどる

初に降りし三原は蛸の町と知り蛸飯たべて蛸せんべい買ふ

海をみる旅なり進行方向をたしかめ左に座る呉線

南下して右カーブしていよいよに惜しみなく入る秋の海光

呉線は海尽くしにて波、崎、浦、浜のつく駅とまりつつゆく

飽きるほど海をみてゐる土地びとかきらめく海を背に眠りをり

瀬戸内の海凪ぎはててまぼろしに聞く若き日の旅の海鳴り

西上人風に吹き寄せられしとふ安浦ちかし牡蠣筏みゆ

壮年期過ぐ

まだ小《ち》さき緋いろの珠をあまたつけ寒の梅の木時間を蔵《しま》ふ

ざわざわと春来るまへのすきとほる冷気が好きな白水仙たち

職場ではなけれど通ふ二十年ライトハウスに居場所がありて

アリナミン飲んでボランティアにゆく朝のふえて退き時この春と決む

老ゆるとは群れを去ること鳥、獣ならばおのづから時を知るべし

パート時代ボランティア時代はやかぜのごとく過ぎたりわが壮年期

時うつる報せの鐘かたけやぶにカーンと竹の割《さ》ける音する

ゆるゆると螺旋をゑがきふりてくる竹の葉の雨浴びてあゆみぬ

花のほとり

一木の万朶の先へあふれ咲くさくらを愛でむいのちを祝がむ

降るさくら流るるさくら　無言歌を聴きてあゆみぬ街川に沿ひ

うつしよのひとのえにしをぬくめあふ花のほとりは一瞬一生

臼焼きし灰は桜になりしかどふたたび灰となりて散る、散る

燃えつくし灰心《くわいしん》となる日のありやまた来ん春の花見約して

平泉の春

西行を芭蕉をひろひ読みながら春夜更けたりあすはみちのく

列島の背骨のうへを北東《うしとら》へいまし白河の関を越えしか

みちのくも葉ざくらなれど二、三輪うすべにのこり朝の気の冷ゆ

みどり濃き中尊寺みち途次にある鈴沢、花立《はなだて》集落しづか

みちのくとみやこをつなぐ法灯のともる西行祭にさもらふ

がんだれの中に火があり灰といへ線香を挿せばぽちと赤き火

千本の御手の二本を胸の辺《へ》に合はす菩薩もさいごは祈り

西行祭、藤原まつり平泉の春にせんねんの時がちぢみぬ

発掘後埋めもどされて平成のみどりに染まる御所跡、寺跡

揚げひばり遺跡のうへで光堂の金にまされるこゑをふりまく

ひとりじやんけん

青葉なるけやきの下をあゆみ来る喪服の老婦われに似てをり

南窓の木槿をはりて西窓の芙蓉咲きそむ　一歳加齢

蟬に七日われに七十年この世ありこの世はくるしくたのしいところ

朝蟬のこゑピタと止み十一時あをぞらのおくに燃えてゐる真日《まひ》

水打ちしアスファルトのうへ渇きゐる蝶一頭が水吸ひに来つ

苦しめる少年ひとりかたはらにありし日ただに無力なりにし

ゆるされる愛に生かされ年を経ぬ祈る愛のほかわれは知らぬを

勝負なきひとりじゃんけん老いは鋏《チョキ》、中年は石《グー》、青春は紙《パア》

軋みつつその首を振りやはらかな風をくれたり古扇風機

あとがき

歌集を編むときいつもこれが最後と思いながら六冊目になりました。二〇一三年春から二〇一八年年夏までの四六三首を収めています。六十代後半からの作品で七十歳を区切りにしました。少し編集をしていますが、「現代短歌」に二〇一五年十月から八回にわたって、二十首連載の機会をいただいた作品が芯になっています。

現代短歌社の真野少様に出版のお声掛けをいただき、揺れていた心が決まりました。万端をお世話になり、心より感謝申し上げます。

集名は洛西を散策した折の「夏こだち影濃き下で息をつきかなかなしぐれに身をぬらしけり」からとりました。夏生まれの私は、澄んだかなかなの声を聞いていると心が洗われ生き返るような気がします。七十代のこれから、かなかなの声に共振するような歌が作れたらという願いを込めました。
多くの先輩、友人たちに支えられて歌を続けてくることが出来ました。あらためて篤くお礼を申し上げます。

二〇一九年五月

木畑紀子

歌集　かなかなしぐれ

コスモス叢書第一一五七篇

発行日　二〇一九年七月二十六日
著　者　木畑紀子
発行人　真野　少
発　行　現代短歌社
〒一七一―〇〇三一
東京都豊島区目白二―八―二
電話　〇三―六九〇三―一四〇〇
発　売　三本木書院
〒六〇二―〇八六二
京都市上京区河原町通丸太町上る
出水町二八四
装　幀　田宮俊和
印　刷　日本ハイコム
製　本　新里製本所

ISBN978-4-86534-256-7 C0092 ¥2700E